F. RIVES et Ch. BORDES

DANS LES BOSQUETS

COMÉDIE DE SALON EN DEUX ACTES

EN VERS

REPRÉSENTÉE POUR LA PREMIÈRE FOIS A BARBEZIEUX
LE 8 AVRIL 1899

Dans une soirée au bénéfice de la *Ligue des Enfants de France.*
(COMITÉ DE BARBEZIEUX)

Vendue au profit de l'Œuvre.

TOULOUSE
IMPRIMERIE ET LIBRAIRIE ÉDOUARD PRIVAT
45, RUE DES TOURNEURS, 45

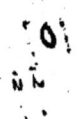

DANS LES BOSQUETS

F. RIVES et Ch. BORDES

DANS LES BOSQUETS

COMÉDIE DE SALON EN DEUX ACTES

EN VERS

REPRÉSENTÉE POUR LA PREMIÈRE FOIS A BARBEZIEUX
LE 8 AVRIL 1899

Dans une soirée au bénéfice de la *Ligue des Enfants de France*.
(COMITÉ DE BARBEZIEUX)

Vendue au profit de l'Œuvre.

TOULOUSE

IMPRIMERIE ET LIBRAIRIE ÉDOUARD PRIVAT

45, RUE DES TOURNEURS, 45

PERSONNAGES

SIMONNE.   RENAUD.

ROSINE.   ANDRÉ.

LUCETTE.   SÉRAPHIN.

ALARIC.

La scène se passe à la campagne, sous le règne de Louis XV.

DANS LES BOSQUETS

ACTE I.

Une clairière dans un parc. — Au premier plan, à gauche, un petit bosquet; au fond, même côté, une allée s'enfonçant dans le parc; à droite, dernier plan, une allée qui conduit à une grille qu'on ne voit pas. — Vers le milieu de la scène, un peu à droite, un banc, une table et des chaises.

SCÈNE PREMIÈRE.

SÉRAPHIN seul (assis {devant la table; il prend des fleurs dans les deux bouquets placés devant lui et en forme un petit bouquet).

Encore une... C'est bien !... Cela ne se voit point...
Un fil pour l'attacher ? — Je vais à mon pourpoint
Prendre un léger galon, et, sans qu'il y paraisse,
Je pourrai bien aussi donner à la maîtresse
De mon cœur, vrai symbole d'amour, ce bouquet.
Il est le plus petit, mais bien le plus coquet,
Car j'ai su, dans ces fleurs, avec un soin extrême,

2

Faire le meilleur choix et prendre ce qu'elle aime ;
Mais la voici qui vient.

SCÈNE II.

SÉRAPHIN, LUCETTE. (Lucette entre, place un métier à tapis-
serie, une corbeille à ouvrage et un livre sur la table.)

LUCETTE.

Tiens ! bonjour, Séraphin !

SÉRAPHIN.

Je vous suis envoyé, mademoiselle, afin
D'apporter ces bouquets de la part de mon maître,
De Renaud, son ami...

LUCETTE (prend vivement les deux gros bouquets).

Bien ! Je vais les remettre.

SÉRAPHIN (la retenant).

Un instant, ma Lucette ! Attendez, s'il vous plaît !
Mon message est rempli ; maintenant le valet
Pourra bien, à son tour, s'exprimer pour son compte,
Laisser parler son cœur.

LUCETTE.

Voyons ce qu'il raconte !

SÉRAPHIN (donnant le petit bouquet).

Acceptez ce bouquet et puisse-t-il pour moi
Vous dire mon amour et vous prouver l'émoi
Que dans mon cœur troublé vos beaux yeux ont fait naître,
Eux qui savent aller jusqu'au fond de mon être...

LUCETTE.

Prends garde, Séraphin, tu fais un madrigal !
Aux gens de qualité ce peut être un régal ;
Mais nous devons tenir un plus simple langage.
Oui, j'accepte ces fleurs ; je les prends comme un gage
De ta sincérité.

SÉRAPHIN.

C'est entendu ! Parlons
En sachant faire fi des beaux discours trop longs ;
Dis-moi donc nettement, pour apaiser mes transes,
Quand tu voudras enfin combler mes espérances ;
Quand nous marierons-nous ?

LUCETTE.

Je te l'ai dit souvent,
Pour te donner ma main, il faut auparavant
Que mes maîtresses soient à la fin décidées
A s'unir pour toujours, et, fixant leurs idées,
A prendre pour époux ton maître et son ami.

SÉRAPHIN.

La perspective, hélas ! ne me plaît qu'à demi,
Le bonheur est si court ! Et pourquoi donc attendre
La fin de leur voyage au doux pays du Tendre ?
Pour eux, il leur suffit d'avoir bien fleureté ;
Laissons ces passe-temps aux gens de qualité.
Mais des gens comme nous, ô ma douce Lucette,
Pour calmer leur amour ont plus simple recette !

LUCETTE.

Va, ne crains rien ! Sois sûr que les propos galants
Bientôt leur sembleront des procédés trop lents,

Qu'elles se hâteront de finir leur voyage,
Et que leur point d'arrêt sera le mariage.

SÉRAPHIN.

Et nous pourrons alors...

LUCETTE.

Silence ! les voici...

(Séraphin sort.)

SCÈNE III.

LUCETTE, SIMONNE et ROSINE.

LUCETTE (présentant les deux bouquets).

Mesdames, ces Messieurs ont envoyé ceci.

ROSINE.

Ah ! des fleurs ! c'est charmant !

SIMONNE.

Douce galanterie !

(Lucette sort.)

ROSINE.

Plaçons-les à côté de notre broderie
Et gardons près de nous ces blondes roses thé
D'où s'épandent dans l'air tous les parfums d'été.

(Rosine et Simonne s'installent. — Simonne brode, Rosine lit.)

SIMONNE (après un silence).

Viendront-ils pas bientôt?

ROSINE.

Certes, sois assurée
Que notre impatience aura peu de durée;
C'est l'heure où d'ordinaire ils arrivent tous deux.

SIMONNE.

Attends paisiblement!

ROSINE.

C'est toi qui parles d'eux!
De voir venir André tu sembles plus pressée
Que moi de voir Renaud.

(Un silence.)

SIMONNE.

L'heure est presque passée!

ROSINE.

Tu parles à peu près comme le roi Louis,
Qu'on faillit faire attendre, et tu me réjouis
Avec cet air troublé!

SIMONNE.

Ce grand prince au cœur tendre
S'en serait bien voulu s'il avait fait attendre
La dame qu'il aimait, et, dans d'Urfé, je crois,
Une femme, ma sœur, est au-dessus des rois!

ROSINE.

Je reconnais leur tort.

SIMONNE.

Oui, laisse-moi te dire
Que, depuis de longs mois, mon âme ne soupire

Qu'après les doux moments passés avec André.
Mais toi-même, ma sœur...

ROSINE.

Eh bien ?

SIMONNE.

Je surprendrai

Ton sentiment secret ; je suis persuadée
Que nous avons au fond toutes deux même idée...

ROSINE.

Certes, j'en fais l'aveu. Comme le tien, mon cœur
Regrette ce retard, et, sous un air moqueur,
Il sait cacher en lui, de peur qu'il ne se fane,
Le sentiment qu'il voile à tout regard profane !
Il est comme le lys au calice idéal
Qu'un regard ternirait à travers le cristal.

SIMONNE.

Ton calme est admirable, et je serais contente
De pouvoir comme toi supporter cette attente ;
Mais je dis franchement que je trouve mauvais
Qu'ils ne soient point ici ! Certes, si je pouvais
Leur rappeler les lois de la galanterie...
Nous pouvons essayer !... Pourquoi pas, je te prie ?...
N'entends-tu pas ?

ROSINE.

Fermer la grille ?... Oui.

SIMONNE.

Ce sont eux !

Cachons-nous donc, ma sœur ; viens, il serait honteux
De sembler les attendre !...

SCÈNE IV.

SIMONNE et ROSINE (sous le bosquet). — ANDRÉ et RENAUD

RENAUD.

Eh bien, ces demoiselles
Ont disparu...

ANDRÉ.

Pourtant, leur doux babil d'oiselles
Se faisait bien entendre ici-même à l'instant.

RENAUD.

J'ai reconnu leurs voix ; mais les voilà partant
Dès que nous arrivons.

ANDRÉ.

Calme-toi ! Tout à l'heure
Elles vont revenir.

RENAUD.

Hélas ! ou je me leurre,
Ou leur façon de fuir est un signe bien clair
Qu'elles n'ont point de hâte à nous voir.

ANDRÉ.

Tu m'as l'air
De t'irriter, mon cher, pour bien petite chose.
De leur départ subit veux-tu savoir la cause ?
Je crois pouvoir la dire en toute vérité.
Elles nous aiment, c'est certain.

SIMONNE (à part).

Fatuité !

ANDRÉ.

L'amour fait que la femme est toujours plus coquette
Et veut par tous moyens s'attacher sa conquête.
Pour plaire davantage à nos regards ravis,
Elles vont au miroir demander un avis;
Tous ces jolis détails de la coquetterie
Et ces attentions n'ont rien qui te sourie ?

SIMONNE (à part).

Oh ! vanité superbe !

RENAUD.

Oh ! non, certainement!
Je ne puis comme toi trouver toujours charmant
Chaque caprice éclos dans leur jeune cervelle
Semblable au feu follet !

ROSINE (bas à Simonne).

Son humeur se révèle...

ANDRÉ.

Tâche de réfléchir philosophiquement;
Tu me sembles vieux jeu, mon cher, oui, franchement.

SIMONNE (bas à Rosine).

Le bon apôtre !

ANDRÉ.

Écoute bien : quoi que tu fasses,
Examine la femme et sous toutes ses faces,

Tu ne pourras jamais, par force ou par bonté,
La contraindre d'agir contre sa volonté.
Mieux vaut ne pas tenter cette folle entreprise,
Et, la laissant toujours se conduire à sa guise,
Se montrer très heureux si, sans le faire exprès,
Elle suit la raison ou la suit... à peu près.

SIMONNE (à part).

Ah! vous me le paierez, Monsieur le psychologue!

RENAUD.

Au diable tes raisons!... Assez.

ROSINE (à part).

Le vilain dogue!

RENAUD.

Penses-tu que Rosine et Simonne aient besoin
De s'attifer pour plaire et de prendre un tel soin
De leurs atours? Comment! Leurs grâces et leurs charmes
Sont, pour nous asservir, de suffisantes armes!

ROSINE (à part).

Le dogue s'adoucit!...

RENAUD.

Je serais fort marri,
Si ma Rosine, après m'avoir pris pour mari,
M'opposait constamment sa volonté formelle,
Et je ne plierais pas la mienne devant elle.

ROSINE (à part).

C'est ce que nous verrons!

3

RENAUD (jetant un coup d'œil sur le livre laissé sur la table).

>Hum ! c'est *Manon Lescaut.*

Roman de jeune fille...

ROSINE (à Simonne).

>Ah ! payons notre écot...

ANDRÉ.

Le texte en est charmant ; l'intrigue peu frivole
Faite pour émouvoir le cœur de toute...

RENAUD.

>Folle.

SIMONNE (à Rosine).

Le mot me semble dur...

ANDRÉ.

>Quoi, tu préférerais

Trouver ici *le Chérubin* de Beaumarchais ?
Dans ce siècle, dis-moi, connaît-on un ouvrage
Où l'on ne puisse voir un gai libertinage ?

RENAUD.

Mais je ne trouve pas qu'il soit à souhaiter
Qu'une fillette lise...

ROSINE (à part).

>Alors quoi, tricoter !

ANDRÉ.

Eh quoi, lire un roman est-ce donc là l'indice
D'une âme trop volage et portée au caprice ?

Ne sois pas de ces gens soupçonneux, ombrageux !
Ce pouvait être bon aux temps moyenageux...
Des pas dans le jardin... Chasse cet air hostile
Et pour les recevoir fais choix d'un meilleur style.

SIMONNE.

Ils mériteraient bien...

ROSINE.

Il faudra nous venger.

SIMONNE.

Mais comment ferons-nous ?

SCÈNE V.

SIMONNE, ROSINE, ANDRÉ, RENAUD, ALARIC et LUCETTE.

RENAUD (à André).

Quel est cet étranger ?

LUCETTE (à Alaric).

Elles vont arriver.

ALARIC.

Annoncez la visite
D'Alaric, leur cousin ; elles viendront bien vite,
J'ai hâte de les voir !

LUCETTE.

Veuillez attendre ici.

SIMONNE.

C'est Alaric !

ROSINE.

Ah ! comme il tombe bien ! Voici
Notre vengeance... Viens !... Affectons d'être aimables...
(Elles rejoignent les jeunes gens.)

SIMONNE. (André et Renaud saluent. — Les jeunes filles
se contentent de rendre le salut.)

Alaric !

ROSINE.

Cher cousin ! Que nous sommes coupables
Si vous nous attendez ici depuis longtemps !

ALARIC.

Certes, croyez-le bien, lorsque je vous attends,
L'impatience change en heures les minutes ;
Mais pour faire oublier cette attente, vous n'eûtes,
Mes chères, qu'à paraître...

ROSINE.

Ah ! charmant !

SIMONNE.

Quoi, ma sœur,
Est-il quitte envers nous ? Il dit une douceur
Pour gagner son pardon.

ALARIC.

Comment ? Pour quelle offense
Dois-je vous présenter aujourd'hui ma défense ?

SIMONNE.

Voilà plus de deux ans que vous prîtes congé
De nous, et depuis lors vous n'avez pas songé
Que nous pensions à vous, pauvres abandonnées !

ALARIC.

Mes fautes me seraient sûrement pardonnées
Si vous pouviez savoir combien mon temps est pris,
Et combien captivante est la vie à Paris,
Une fois qu'il a su nous prendre dans son piège.

ROSINE.

Ah! contez-nous cela!

SIMONNE.

Messieurs, prenez un siège.
(Ils s'asseyent. André et Renaud un peu à l'écart.)
Nous écoutons, cousin... Vous nous faites griller
De savoir... A la cour, vous avez dû briller.

ROSINE.

Mais dites-nous avant combien vous semble drôle
Ce séjour parmi nous.

RENAUD (bas à André).

Voyons, André, quel rôle
Va-t-il s'attribuer?

ANDRÉ (bas à Renaud).

C'est piquant! Mais la fin!

ALARIC.

Tudieu! les belles sont charmantes!

RENAUD (à part),

Le malin!

ALARIC.

Comme il fait tendre ici!... Dans un jour, en province,
On gagne plus d'un cœur.

ANDRÉ (bas à Renaud).

Voilà qu'il nous évince.

ALARIC.

Il est vrai qu'à la cour on est parfois heureux;
On est bien vu du roi.

RENAUD (à part).

Le muscadin verbeux!

SIMONNE.

Et des cœurs amoureux la bande aventurière,
Comme papillons d'or volant vers la lumière,
Venaient s'ébattre en foule autour de votre cœur!

ROSINE.

Et combien de jaloux a fait votre bonheur?

SIMONNE.

Plus d'une fois, sans doute, après vos équipées,
Vous avez du fourreau fait sortir les épées?

ALARIC.

Je dois bien avouer que, sans être cruel,
Parfois j'ai corrigé quelques fats en duel.
Un page de la cour a le destin des belles
Et doit craindre toujours d'être enlevé comme elles.

SIMONNE.

Ne peut-on recevoir parfois un camouflet?

ALARIC.

Je ne sais ce que c'est.

RENAUD (à part).

Mais tu mens, freluquet!

ANDRÉ (bas à Renaud).

Mais il ne compte pas les justes bastonnades
Que durent attirer ses folles algarades!

ALARIC.

Sachez donc qu'à Paris l'on se bat fort souvent,
Pour un mot, pour un rien, pour un souffle du vent;
Je me suis une fois battu pour une mouche!

ANDRÉ.

Aviez-vous donc aussi froissé l'humeur farouche
De son amant?

ALARIC.

Vous l'avez dit! Il faut savoir
Que cette mouche était un tout petit rond noir
De taffetas fixé, suivant le bel usage
Des dames de la cour, sur l'éclat d'un visage.

ROSINE.

Ah! parfait!

ALARIC.

Elle vint, sous l'ardeur d'un baiser,
A s'arracher et sur ma lèvre à se poser...

Un marquis, fanfaron ainsi qu'un Scaramouche,
M'en demanda raison.

ANDRÉ.

C'est lui qui prit la mouche!

SIMONNE.

Nous en mettrons, cousin!...

ALARIC (galamment à Simonne).

Mieux vaut vous en passer,
Car la blancheur du lis ne se peut rehausser!

ROSINE.

Mais pourtant...

ALARIC (galamment, à Rosine).

Ni l'éclat de la rose vermeille!

ROSINE.

Ah! les galants propos, flatteurs à notre oreille!

ALARIC.

Mais si vous en mettiez, très heureux le mortel
Qui les ferait tomber... en venant de l'autel!

SIMONNE.

Ce ne sont que joyaux qui sortent de sa bouche!

RENAUD (bas à André).

Mais il est ennuyeux!

ANDRÉ (bas à Renaud).

Parbleu! comme une mouche!

ROSINE.

Vous nous faites, cousin, tomber en pâmoison !

SIMONNE.

Ayez pitié de nous !

RENAUD (à part).

Peste soit de l'oison !

ALARIC.

Ont-ils pitié de moi vos yeux bleus de pervenche?
Souffrez que je m'essaie à prendre ma revanche.

SIMONNE.

La cour, en peu de temps, cher cousin, vous apprit
A mettre en tous propos les charmes de l'esprit.

ALARIC.

Bon ! il ferait beau voir, cousine, que je vinsse
De Paris pour parler comme on fait en province.

RENAUD (à part).

C'est bref, mais c'est poli !

ANDRÉ.

Nous, les provinciaux,
Nous ne pouvons porter aux rapports sociaux
Le vif éclat d'esprit qui brille à la grand'ville;
Nous tâchons de parler d'une façon civile,
D'être simples et francs, et de ne dire rien
Que nous ne pensions vrai, que nous ne sentions bien.

ROSINE.

Oui, le cœur sur la main, voilà notre devise !

4

ALARIC.

Mais non, je n'en crois rien, et ceci nous divise :
En si petite main, comment un si grand cœur
Serait-il contenu ?

SIMONNE.

Toujours, toujours vainqueur
Aux tournois de l'esprit ! A ces courtoises luttes
Sûrement à la cour bien souvent vous vous plûtes.

ALARIC.

Certes ! si je m'y plus ! Mais encore plus j'y plus.

(Il rit.)

RENAUD (à part).

Mais, c'est comme une averse, animal, que tu plus.

ROSINE.

Quel emploi faites-vous de toutes vos journées ?

ALARIC.

L'Académie emplit toutes les matinées.

SIMONNE.

Qu'appelez-vous ainsi ?

ALARIC.

Dans un brillant arroi,
Dans un fol exercice on joute pour le roi.
L'après-midi se passe en longues promenades
Au mail de l'arsenal.

RENAUD (à part).

Quelles turlupinades !

ALARIC.

A six heures toujours on fait appartement...
Caquets de l'antichambre, et tout doucettement
Au milieu du froufrou, sur l'aile du caprice,
On se laisse emporter.

RENAUD (à part).

Allons ! saute, Jocrisse !

ALARIC.

Patati... patata. — Des lambeaux de romans,
Que puis-je vous dire ? Oui, c'est là que les amants
Apprennent que Madame a mis sur sa figure
L'utile « Recéleuse ! »

SIMONNE.

Expliquez.

ROSINE.

Ah ! j'augure
De l'explication un sensible plaisir.

ALARIC.

C'est une mouche. Eh bien, si c'est votre désir,
Je vais encor parler de cet indispensable
Utile aux femmes ainsi qu'aux plages le sable.

(A Rosine.)

Près de vos lèvres, douces cerises, mettez
Une « Coquette ! »

(A Simonne.)

Vos yeux, chauds comme les étés,
Veulent la « Passionnée. »

RENAUD (à part.)

Ah ! Dieu, que ne puis-je
Lui donner de l'épée !

ANDRÉ (bas à Renaud).

Écoute ce prodige !

SIMONNE.

Ah ! laissez-nous, de grâce ! et veuillez bien finir
Cette exquise odyssée.

ROSINE.

Oui, c'est pour vous punir.
Revenons à la cour.

ALARIC.

Là, la muse inspirée
S'éblouit des splendeurs dont elle est entourée ;
C'est la serre à bons mots, et je ne sais comment
On pourrait être sot en un « appartement. »
Dans le froufrou soyeux des paniers de marquises
On ne peut concevoir que des choses exquises !
Sous le rayonnement des lustres allumés,
Moins ardent que l'éclair des regards enflammés,
Dans les flots d'harmonie, au milieu des épaules
Plus blanches que la neige éclatante des pôles,
Et des parfums flottants en la tiédeur de l'air,
Le trait d'esprit jaillit et fond comme un éclair,
Et l'on ne comprend point comme il pourrait se faire
Qu'il évitât d'éclore en si douce atmosphère.

ROSINE.

Que ce doit être beau !

ALARIC.

Mais je connais encor
Un lieu des plus charmants, où, sous moindre décor,
Naît l'esprit le plus pur. C'est le café Procope.
Oh ! spectacle amusant ! vrai kaléidoscope
Où l'on voit défiler tous les littérateurs,
Les savants, les lettrés et tous les créateurs
De bons mots que Paris bien vite s'assimile
Et que le lendemain il édite à cent mille.
Avec quelques amis, je l'ai parfois hanté,
Bien que des gens de cour il soit peu fréquenté.
J'y voyais Beaumarchais et le marquis de Bièvres
Souriant doucement aux propos un peu mièvres
Qu'imperturbablement débitait Marivaux ;
Crébillon, père et fils, l'un de l'autre rivaux
Par le talent ; Chamfort et Vadé que décore
Un nez vermeil ; Piron, Collé, d'autres encore.
Tous ces hommes d'esprit, d'esprit faisaient assaut,
Et je dois avouer, moi qui ne suis point sot,
Que mon esprit à moi, quelque effort que je fisse,
Passait inaperçu dans ce feu d'artifice !

SIMONNE.

Parmi les beaux esprits, je crois, en vérité,
Vous avez cependant acquis droit de cité.

ALARIC.

Le soir, on va tantôt danser au bal champêtre
Du Trianon !

RENAUD (à part).

Je bous!

ANDRÉ (bas à Renaud).

Allons! tais-toi, salpêtre!

ALARIC.

Tantôt c'est au Français, tantôt à l'Opéra...
Une chute, il est vrai...

RENAUD (à part).

C'est le Niagara!

ALARIC.

Me priva d'assister aux grands salons de glace,
A l'exquise soirée, où seuls avaient pris place
Tous nos plus grands seigneurs. Je l'ai bien regretté
Et ne puis exprimer combien il eût été
Agréable pour moi de venir à la fête
Où, sans être un héros, on peut faire conquête.

SIMONNE.

Vous ne dites pas tout.

ROSINE.

Ne soyez pas si court.

ALARIC.

Mes chères, les secrets se gardent à la cour.

RENAUD (à part).

Pouvons-nous de ce fat souffrir la suffisance?

SIMONNE.

Mais vous parlez, cousin, avec si grande aisance,
Avec tant de chaleur, qu'on se laisse pâmer !

ALARIC.

Ah ! ah ! ah ! c'en est trop.

RENAUD (à part).

Qu'a-t-il donc à bramer ?

ALARIC.

Oui, la femme à Paris est trop amignotée,
Et celle de province est par moi mieux cotée ;
Et si le parfum souffre en quittant une fleur,
En vous quittant aussi, combien souffre mon cœur !

(Il se lève.)

Chères, auprès de vous, les heures par trop brèves
S'envolent comme font, au vent du soir, les rêves ;
Mais je suis obligé pourtant de vous quitter,
Car j'ai quelques voisins encore à visiter.

(Il baise la main de Simonne.)

ROSINE.

Quoi, vous partez déjà ?

ALARIC.

J'y suis forcé, vous dis-je,
J'en ai le cœur meurtri, mais le devoir m'oblige !

(Il baise la main de Rosine.)

SIMONNE.

Vous reviendrez au moins ?

ROSINE.

A notre isolement
Vous voudrez bien songer, et vous serez charmant,
Si vous venez nous voir.

ALARIC.

Certes, soyez-en sûres,
Si vous me promettez de panser les blessures
Que j'emporte en mon cœur.
(Saluant André et Renaud.)
Mes compliments, Messieurs !

ROSINE (bas à Simonne).

Ils sont d'une fureur !

SIMONNE (de même).

Vois leurs fronts soucieux !
Maintenant, écrivons ! Lucette, en bonne fille,
Voudra bien nous aider.

ROSINE (à Alaric).

Cousin, jusqu'à la grille
Laissez-nous le plaisir de vous accompagner.
(Ils sortent tous les trois en causant gaiement.)

SCÈNE VI.

ANDRÉ est assis, RENAUD marche en gesticulant.

ANDRÉ.

Eh bien?

RENAUD.

Eh bien, ce fat il a su les gagner
Par ses airs fanfarons et ses phrases poudrées.

Nos espérances sont à jamais effondrées ;
Mais je me vengerai, sache-le bien, ami,
Contre ce vaniteux, et non pas à demi.

ANDRÉ.

Comment le pourrions-nous ?

RENAUD.

Mon gant sur son visage,
Il verra bien alors...

ANDRÉ.

Tâche de rester sage.
Nous a-t-il insultés ?

RENAUD.

N'est-ce pas insulter
Que de vouloir auprès d'elles nous supplanter ?

ANDRÉ.

Qu'a-t-il fait ? Un assaut de galant bavardage,
Et rien dans ses propos ne nous a fait outrage.
Il a désiré plaire, alors qu'il ignorait
Qu'il agissait ainsi contre notre intérêt.

RENAUD.

Et son entrée ici claquante et cavalière
Qui nous faisait paraître oisons dans la volière,
Et son outrecuidance ? A-t-il su s'enquérir
Qui nous étions ?

ANDRÉ.

Pourtant, je cherche à découvrir
Comment si promptement et Rosine et Simonne
Ont écouté ce fat qui pose et déraisonne.
Nous avons admiré jusqu'ici leur bon sens,
Leur finesse d'esprit, et voici que l'encens
Que brûle en leur faveur ce parfait imbécile
Met leur tête à l'envers ! Ce succès trop facile
Me semble exagéré... Je ne saurais penser
Que Simonne et Rosine aient pu se dispenser
De voir la vanité de ses folles sottises.
A ces appâts, crois-tu, dis, qu'elles se soient prises?

RENAUD.

Sornettes que tu dis ! Une femme se plaît
Toujours, tu le sais bien, à tout ce qui paraît;
Tournant à tous les vents, sa volage cervelle
Accueille avec plaisir toute chose nouvelle.
La femme... être capricieux... au cœur changeant !

ANDRÉ.

Je t'arrête, mon cher, sois moins désobligeant
Envers elles.

RENAUD.

Tais-toi ! voici venir Lucette
Qui doit être envoyée en aimable estafette
Pour nous porter ici le rameau d'olivier.

SCÈNE VII.

Les Mêmes, LUCETTE.

ANDRÉ.

Colombe, que veux-tu ?

RENAUD.

Tu viens nous convier
A nous rendre bien vite auprès de tes maîtresses?

ANDRÉ.

Ont-elles donc enfin pitié de nos détresses?

LUCETTE (embarrassée).

Pardon... je venais...

RENAUD.

Qui cherches-tu donc ainsi?

LUCETTE.

Je cherchais...

RENAUD.

Qu'est-ce donc? Parle.

LUCETTE.

Tantôt ici
Se trouvait un seigneur à la mise élégante...

(Elle laisse tomber le bouquet qu'elle tient à la main
et, en le ramassant, laisse tomber deux lettres.)

Est-il déjà parti?

RENAUD.

Qu'est-ce à dire, intrigante?
Lui, que tu viens chercher!

LUCETTE.

Oh! ne vous fâchez pas!
Puisqu'il s'en est allé, je le suis de ce pas.

(Elle fait une révérence et part en courant.)

SCÈNE VIII.

ANDRÉ et RENAUD.

RENAUD.

Au diable, péronnelle!

(A André.)

Eh bien, ta confiance
Persiste-t-elle encore, homme plein de science,
Esprit toujours enclin aux dissertations!
Diras-tu ce qu'il faut enfin que nous fassions?

ANDRÉ.

Non, je me suis trompé, j'en fais l'aveu sincère;
Oui, nous sommes vaincus, et par quel adversaire!
Tout est perdu pour nous, hélas!... Mais qu'est ceci?
Deux billets!...

(Il ramasse les lettres.)

RENAUD.

Ah! voyons!

ANDRÉ (regardant les lettres).

Cette écriture-ci
Est celle de Simonne et l'autre de Rosine...

RENAUD.

Et l'adresse ?

ANDRÉ.

Alaric !

(Il remet les lettres à Renaud.)

RENAUD.

Poulet de la cousine
Au cousin !... C'est parfait ; mais nous allons savoir
Tout au moins...

(Il se met en devoir de décacheter une lettre.)

ANDRÉ.

Que fais-tu, Renaud ? Notre devoir
Est de ne pas...

RENAUD.

Pourtant !

ANDRÉ.

Opposons un cœur ferme
A la tentation !... Le secret que renferme
Ce papier, nous devons savoir le respecter !

RENAUD.

Bon ! je vais à ce fat moi-même les porter
Et les lui collerai sur l'une et l'autre joue !

ANDRÉ.

Écoute : le hasard qui de nous tous se joue
A mis entre nos mains, preuves de trahison,
Ces deux billets. Nous en demanderons raison,
Non pas à ce faquin, mais à ces demoiselles.

RENAUD.

Comment cela ?

ANDRÉ.

       Ce soir, nous nous rendrons vers elles,
Nous les inviterons à vouloir s'expliquer
Avec nous. Il sera temps alors d'appliquer
A ce petit seigneur un traitement peu tendre.

RENAUD.

Bon, il ne perdra rien celui-là pour attendre !

(RIDEAU.)

ACTE II.

(Même décor, à la nuit tombante.)

SCÈNE I.

ANDRÉ, RENAUD, SÉRAPHIN (au début de la scène caché
derrière un buisson.)

ANDRÉ.

Dans la tiède splendeur de ce beau soir d'été
Que la lune bientôt baignera de clarté,
Ainsi que chaque son plus net se répercute,
Ainsi plus durement éprouvons-nous la chute
Au fond de notre cœur des sombres sentiments !

RENAUD.

Tout nous rappelle ici les bienheureux moments
Qui se sont passés dans ce décor de féerie ;
Il nous en reste encor, souvenance chérie,
Comme un parfum fané qui nous remplit le cœur.

ANDRÉ.

Hélas ! bien plus fané chez Rosine et sa sœur !

RENAUD.

Oh ! si subitement perdre ainsi notre joie !
Tu sais, cet Alaric, il faut que je le voie !
Lui donner du bâton, vrai, quel soulagement !
Le fustiger !...

> (En parlant, il frappe de sa canne le buisson qui
> cache Séraphin.)

SÉRAPHIN (se montrant).

Aïe !... aïe !... arrêtez !... un moment !...

ANDRÉ.

Qu'est donc ceci ?

SÉRAPHIN.

C'est moi !

RENAUD.

Que fais-tu là, maroufle ?

SÉRAPHIN.

Monsieur, j'étais caché... je retenais mon souffle...
Et j'attendais...

RENAUD.

Mouchard ! tu nous espionnais !
Pour le compte de qui ? Parle donc !

SÉRAPHIN.

Je venais...

RENAUD.

Eh bien !

SÉRAPHIN.

Voici...

RENAUD (le menaçant de sa canne).

Sois franc, ou sinon je t'applique...

ANDRÉ.

Laisse-le donc parler si tu veux qu'il s'explique.

SÉRAPHIN.

Ah! vous au moins, Monsieur, vous entendez raison!

RENAUD.

Pendard !

SÉRAPHIN.

Je vous dirai toute mon oraison.
Eh bien, voici : je suis amoureux de Lucette,
La soubrette de céans, et je veux avec cette
Enfant me marier. Nous étions bien d'accord
Et je devais lier avec elle mon sort
Quand, de votre côté, vous... enfin... mais n'importe !
De convoler bientôt nous devions faire en sorte.
Or, cet après-midi, je l'ai vue, en passant
Dans le parc, avec un seigneur éblouissant
Qu'elle amenait ici; tous deux marchant ensemble,
Ils conversaient entre eux trop tendrement, ce semble.

RENAUD.

Ah! si j'eusse été là, certe il aurait senti...

SÉRAPHIN.

Je suis heureux, Monsieur, que vous preniez parti
Pour moi si chaudement. Or donc, je continue :
J'entendis qu'il disait : « Sitôt la nuit venue,
Sur le banc, dans le parc, trouve-toi donc ce soir ;
Laisse la grille ouverte, et je viendrai m'asseoir

Près de toi. » Je ne sais si la pauvre petite
A promis de se rendre à la galante invite.
Du reste, en arrivant près de vous ils ont dû
Se taire, et je ne sais s'il lui fut répondu.
« Qui ne dit mot consent », dit un ancien proverbe.

ANDRÉ.

Pauvre ami !

RENAUD (riant).

Par ma foi, l'aventure est superbe
Pour un homme de cour !

SÉRAPHIN.

Mais votre hilarité,
Permettez-moi ce mot, manque de charité !

RENAUD.

Non, ne te fâche pas ! A trouver ta vengeance
Nous t'aiderons tous deux...

SÉRAPHIN.

Chut !... Écoutez !... Silence !

RENAUD.

Qu'est-ce donc qui te prend ?

SÉRAPHIN.

Quoi, n'entendez-vous pas
Crier sur le gravier un léger bruit de pas ?
(Sans se faire voir, ils regardent tous les trois dans la direction
de la grille.)

Oui, c'est elle, Lucette !...

RENAUD.

Elle va vers la grille...

ANDRÉ.

Elle a tourné la clé !...

SÉRAPHIN.

Fermé ! La brave fille !

ANDRÉ (à Séraphin).

Tu vois l'inanité de ton épouvantail ?

(Criant à Lucette.)

Holà ! Lucette, holà ! Laisse ouvert le portail,
Et viens auprès de nous !

SÉRAPHIN.

Que voulez-vous donc faire ?

RENAUD.

Elle a donné l'exemple en sa modeste sphère ;
Elle, au moins, elle a su repousser l'aigrefin !

ANDBÉ.

Ce que je fais ici, sache-le, Séraphin,
Sert tous nos intérêts ; mets donc ta confiance
En moi, si tu veux, ami, que je te fiance
A Lucette, et par nous qu'Alaric soit moqué.

SÉRAPHIN.

Tout ce qu'il vous plaira, dans le but invoqué,
Je le ferai.

ANDRÉ.

Fort bien ! Mais c'est à ton amante
Qu'il incombe d'agir.

SCÈNE II.

LES MÊMES, LUCETTE.

ANDRÉ.

Te voilà, ma charmante !
D'où te vient aujourd'hui ce petit air troublé ?
Que faisais-tu là-bas ?

LUCETTE (embarrassée).

Mais il m'avait semblé...
Qu'il valait mieux...

ANDRÉ.

Quoi donc ?

LUCETTE.

Mon Dieu !... Fermer la porte...

ANDRÉ.

Tu crains qu'un grand seigneur ne vienne et ne t'emporte ?

LUCETTE.

Mais non !

ANDRÉ.

Nous savons tout !

SÉRAPHIN (avec dignité).

Nous avons pardonné !

LUCETTE.

Mais comment saviez-vous ?

ANDRÉ.

Nous avons deviné;
Mais il n'importe point. Accorde-nous ton aide
Et nous aurons bientôt un joyeux intermède.
Déjà voilà la nuit complète. Hâtons-nous !

LUCETTE.

Mais je ne sais pourtant...

SÉRAPHIN (bas à Lucette).

Je t'en prie à genoux,
Ma mignonne, obéis ! Notre union future
En dépend.

LUCETTE (à André).

J'obéis.

SÉRAPHIN.

Oh ! douce créature !

ANDRÉ (à Lucette).

Assieds-toi sur ce banc. Quand Alaric viendra,
Tu feras doux accueil aux propos qu'il tiendra.

LUCETTE.

Mais quel est votre but ?

ANDRÉ.

Que t'importe, petite ?
Reste immobile là, comme une stalactite,
Et s'il te fait la cour, laisse-toi courtiser.

SÉRAPHIN.

Mais s'il veut l'embrasser ?

RENAUD.

Oh ! bah ! pour un baiser !...

SÉRAPHIN.

Bon ! je surveillerai, caché dans un massif.

(Il va se cacher derrière le buisson.)

ANDRÉ.

Quoi qu'il dise ou qu'il fasse, au moins reste passif !

RENAUD.

Chut ! le voici qui vient !

ANDRÉ.

Alors, prenons la fuite ;
Pour entendre la fin nous reviendrons ensuite.

(Ils sortent.)

SCÈNE III.

LUCETTE, ALARIC, SÉRAPHIN (caché

ALARIC.

Hem ! Lucette, es-tu là ?

LUCETTE.

Hem !

ALARIC.

Ne fais pas de bruit,
Et craignons les échos indiscrets de la nuit.
Permets-moi de m'asseoir près de toi, ma mignonne.

LUCETTE.

Et comment refuser ?

ALARIC.

Ta beauté qui rayonne,
Malgré l'obscurité, me montre le chemin
Et me conduit vers toi, brunette, par la main.

LUCETTE.

Quoi! comme un ver luisant brillerais-je dans l'ombre ?

ALARIC.

Tes yeux plus lumineux que les astres sans nombre,
Me semblent bien plutôt un phare où, comme un brick
Ballotté par le flot, tend le pauvre Alaric.
Il est enfin au port, à l'abri de l'orage,
Et s'abandonne à la déesse du rivage ;
Auprès de son autel qu'il veut enguirlander
Des fleurs qu'elle préfère, il ose demander
Qu'elle soit à jamais l'aimable et douce dame
De ses pensers. — Eh bien ? Que réponds-tu, chère âme ?

(Simonne et Rosine, conduites par André et Renaud, se placent
en silence dans le bosquet de gauche ; tous les quatre, dissi-
mulés dans le feuillage, écoutent la conversation qui continue
entre Alaric et Lucette.)

LUCETTE.

Quoi! si subitement il faut donc m'engager !

ALARIC.

Tu daigneras au moins ne pas décourager
Les tendres sentiments qu'en mon âme je porte
Et voudras bien ne pas barricader la porte
De ton cœur, vrai trésor de grâce et de bonté.

LUCETTE.

Vous demandez accès et n'avez pas compté
Qu'en lui peut-être habite un jaloux locataire.

ALARIC.

S'il en existait un, je le dis sans mystère,
Je ferais mes efforts pour le faire chasser,
Que son bail fût ou non sur le point de cesser.

LUCETTE.

Vous croyez bien aisé le siège de mon âme ?

ALARIC.

Lucette, batailler, c'est ce que je réclame
Et me porte garant de revenir vainqueur
De ce tournoi d'amour, dont le prix est ton cœur.

LUCETTE.

A ces galants combats vous êtes passé maître.

ALARIC.

On le dit à la cour, je dois le reconnaître.
Et, sans fatuité, je puis bien supposer
Que ce bourg, où le sort se plut à te poser
Comme une fleur d'azur en un désert de sable,
Ne saurait présenter un concurrent passable.
Il n'en est certes point de très grande valeur ;
Mais une villageoise a souvent le malheur
D'accorder son amour à quelqu'un du village.

LUCETTE.

Et son cœur, en ce cas, est rarement volage.

ALARIC.

Le tien est libre encore et tu veux plaisanter...
Il n'est pas d'homme ici digne de t'enchanter,
Si je puis en juger par les types grotesques,
Aux habits d'un autre âge, aux mines pédantesques,
Que le hasard tantôt ici me fit trouver.

LUCETTE.

Mais de qui parlez-vous ?

ALARIC.

       Tous deux semblaient couver
Mes cousines des yeux : l'un, d'une allure austère,
Me faisait tout l'effet d'un bon clerc de notaire ;
Il était souriant et presque papelard...
Un rond de cuir, ma chère, endormi dans son lard.
L'autre, sans dire un mot, roulait dans leurs orbites
Des yeux méchants et ronds comme des cucurbites ;
Du vieux poète grec rappelant les héros,
Il semblait un Ajax, prince des hobereaux !

LUCETTE.

Que vous êtes méchant ! Vous faites fausse route
En les jugeant ainsi. Tous deux, ils ont, sans doute,
L'aspect modeste et simple, et ne dépensent point
Tout ce qu'ils ont d'esprit dans le choix d'un pourpoint.
Ils ont, quand il leur plaît, l'humeur très sarcastique
Et pourraient, à Paris, malgré leur air rustique,
Disputer plus d'un cœur aux jeunes élégants
Dont les nœuds de satin, les plumes et les gants

Sont l'unique souci, beaux seigneurs dont la tête
Ne sert qu'à balancer d'une façon coquette
Une perruque riche et poudrée à frimas.

ALARIC.

Tu penses que la cour, ma mie, est un amas
De jeunes freluquets, sans esprit ni cervelle ?
Je trouve ton erreur campagnarde et nouvelle ;
Un homme de la cour est bien supérieur
A tout ce qu'en province on trouve de meilleur !
Tu l'aurais bien compris s'il t'eût été loisible
D'apercevoir tantôt avec quel air risible
Ces deux jeunes bourgeois écoutaient mes discours.
A ma verve, il est vrai, je laissais libre cours,
Tandis qu'eux, de Conrart imitant la prudence,
Gardaient en m'écoutant un résigné silence.
A ma grande surprise, il en est un qui a
Par malheur répliqué... Je l'ai mis à *quia*.

LUCETTE.

Et votre beau ramage eut-il sur mes maîtresses
Un empire aussi grand ?

ALARIC.

              Avec quelques tendresses,
Quelques mots chatoyants, j'ai su les conquérir
Et remporter d'assaut leur cœur sans coup férir.

LUCETTE.

Que vous êtes heureux ! Vos paroles aimables
Bien vite des cœurs froids font des cœurs inflammables.

ALARIC.

A ces conquêtes-là j'attache peu de prix.

Elles coûtent si peu! Car j'eus bientôt compris

Que tout était nouveau, tout rempli de mystère

Dans ce que je disais, qui sort du terre-à-terre

Débité chaque jour par nos deux amoureux.

Aussi fallait-il voir les regards langoureux,

Les rires enfantins, les subites extases

Qui savaient accueillir jusqu'à mes moindres phrases!

Tandis que je parlais, je croyais voir leurs yeux

Lancer à chaque mot comme un éclair joyeux.

Elles ont essayé de donner la réplique

Qui se changea bientôt, cela je me l'explique,

En cris admiratifs! Leur langage savant,

Il faut bien l'avouer, fleure encor le couvent;

N'ayant pas du bel air l'entière connaissance,

Que donne seulement une haute naissance,

Elles ont laissé voir leurs sentiments pour moi,

Ce qui n'a pas manqué d'éveiller mon émoi!

Aussi me suis-je dit : « Alaric, tu te blouses,

Car tu vas toutes deux les rendre un peu jalouses

L'une de l'autre... » Alors, mon cœur ne disant rien,

Je m'esquivai bien vite et, ma foi, je fis bien.

Rivales les deux sœurs!... Un seul roi pour deux reines!

Ce soir, une surprise apaisera cés haines !

Tu la verras bientôt.

LUCETTE.

Je ne m'explique pas

Comment vous, au bel air qui trouvez tant d'appas,

Qui des dames de Cour repoussez la prière,

Vous vous mettez en frais pour une chambrière.

ALARIC.

Le cœur comme l'esprit ne peut toujours planer,
Et, s'il trouve une fleur, s'amuse à la glaner.
Oui, tu me plais surtout, mignonne, par contraste,
Toi qui discrètement t'épanouis sans faste,
Ainsi que l'églantine au doux parfum subtil
Est parfois plus flatteuse, au moins nous semble-t-il,
Que la rose éclatante en un parc cultivée.
Tu m'avais ébloui lors de mon arrivée ;
J'étais comme entouré de l'odeur des jasmins!...
Permets-moi d'embrasser tes deux petites mains...
Elles ont au toucher le velours de la mousse,
Soyons tout à l'amour... Je veux que tu sois douce!...
Dans le calme du rêve, ah ! permets un baiser
Dont avec volupté je saurai me griser.
Ne me refuse pas... Et la nuit dont les voiles
Sont émaillés d'argent par les yeux des étoiles
Sera le seul témoin de ce péché mignon.

(Il veut embrasser Lucette.)

SÉRAPHIN (avançant sa tête entre celle d'Alaric et celle de Lucette).

Halte-là !

· ALARIC.

Qu'est ceci ? Qui va là ? Quel guignon !

(Simonne et Rosine éclatent de rire.)

SIMONNE.

Voilà comment la coupe est parfois loin des lèvres !

ROSINE.

Comment un cœur ardent ne peut calmer ses fièvres !

ALARIC.

Mes cousines !... Hélas ! Allons, je suis perdu ;
Je vois qu'un guet-apens m'avait été tendu.
Fuyons !... (Il s'en va en courant.)

RENAUD (échappant à André qui le retenait et s'élançant après
Alaric, à la suite duquel il disparaît).

Attendez donc !... Eh !... voilà qu'il évite
Son châtiment... Holà ! s'il vous plaît, pas si vite !...

ANDRÉ (suivant Renaud accompagné de Séraphin et de Lucette).

Que va faire ce fou ?

SIMONNE.

Que va-t-il se passer ?
(Bruit d'épées dans la coulisse.)

ROSINE.

Ils se battent !... J'entends !... Mais ils vont se blesser,
Se tuer peut-être.

SIMONNE.

Ah ! c'est bien par notre faute !
Sotte plaisanterie !

ALARIC (dans la coulisse).

Arrêtez ! Une côte
Rompue... Ah ! c'en est fait ! Soutenez-moi, je meurs ?...

SIMONNE.

Oh ! le pauvre garçon !

ROSINE.

Il pousse des clameurs
A fendre l'âme !

RENAUD (rentre en scène en remettant son épée au fourreau).

Dieu! La maudite colère!
Je l'ai tué, je crains. Ne pouvais-je me taire?
Stupide emportement!

ROSINE.

Le pauvre malheureux!

SIMONNE.

Allons le secourir...

ANDRÉ (rentre en riant).

Ah! le vilain peureux
Nous venons de sonder sa cruelle blessure.

RENAUD.

Eh bien?

ANDRÉ.

Mais il n'a pas la moindre égratignure!

SIMONNE.

Comment?

RENAUD.

Vrai?

ANDRÉ.

Sois sans peur! Rien! Pas même éclopé.
Ta lame de son plat l'a durement frappé
Et fait une ecchymose... Il en guérira vite...
Un simple coup de fouet...

SIMONNE.

C'est tout ce qu'il mérite.

ANDRÉ.

Vous êtes, par ma foi, bien dure à son égard,
Après avoir naguère imploré du regard
Ce valeureux seigneur qu'à la cour on renomme.

RENAUD.

Vous n'avez, semble-t-il, qu'à suivre ce cher homme,
Pour soigner au plus tôt, comme il l'a désiré,
Son galant petit cœur par vos yeux déchiré,
Et pour panser aussi, d'une main tendre et sûre,
Son immense amour-propre atteint d'une blessure.

SIMONNE.

Pourquoi cette ironie et cette cruauté ?
D'ordinaire, un vainqueur sait user de bonté
Envers son ennemi...

ROSINE.

Soyez plus charitable !

ANDRÉ.

L'étiez-vous plus que nous ?

RENAUD.

Non ! C'est indiscutable,

ANDRÉ.

Mes chères, pensiez-vous ne pas cent fois briser
Notre âme en vous laissant par ce fat courtiser ?

RENAUD.

Alors vous supposiez qu'avec indifférence
Nous le verrions par vous comblé de déférence;

Adulé, courtisé, porté jusques au ciel
Pour son esprit pédant et superficiel!
Il faudrait être aussi patient que Socrate
Pour se laisser berner par cet aristocrate!

ROSINE.

Vous faites de l'esprit ?

SIMONNE.

Ma sœur, laisse-les donc,
Ils ont assez souffert pour avoir leur pardon !

ROSINE.

Tu veux leur dévoiler notre supercherie ?

SIMONNE.

Mettons enfin un terme à notre fâcherie.

ROSINE.

Eh bien, sachez ceci : notre admiration
Pour le bel Alaric, sa conversation
Et ses propos galants, toute notre attitude,
Notre froideur pour vous, contre notre habitude,
Et tous les menus soins qui vous ont irrités
N'étaient que châtiments par vous bien mérités...

ANDRÉ.

Mais qu'avions-nous donc fait pour pouvoir vous déplaire ?

SIMONNE.

Vous nous aviez montré dans votre caractère
Quelques recoins obscurs, tout d'abord ignorés.

ANDRÉ.

Mais dans nos sentiments intimes vous n'aurez
Pu voir que le respect, l'amour pur et sincère...

SIMONNE.

Évitez les bosquets que le feuillage enserre ;
Les ramures du parc cachent en leur fouillis
Non seulement leur voix, le joyeux gazouillis
Des oiseaux, mais encor, dans leurs frondaisons vertes,
Elles peuvent avoir des oreilles ouvertes.

ANDRÉ.

Eh quoi, vous nous auriez par surprise entendus ?

ROSINE.

Comme nous vous avions trop longtemps attendus,
Simonne, dont l'esprit en malices fourmille,
Nous fit, pour vous punir, cacher sous la charmille.

ANDRÉ.

Et vous avez surpris ?...

ROSINE.

Vos propos peu flatteurs !

RENAUD.

Ceci pourrait, sans doute, expliquer vos hauteurs
Envers nous. — Admettons ! C'était donc par malice
Qu'au brillant Alaric, faisant l'œil en coulisse,
A tout ce qu'il disait vous trouviez des appas.
Mais, remarquez-le bien, cela n'explique pas
Que vous ayez chargé votre jeune soubrette
De remettre à ce fat, d'une façon discrète,

Deux billets. — Vous riez?... Voici les deux papiers ;
Je les ai, par hasard, rencontrés sous mes pieds.

ROSINE.

Vous vous êtes permis sans doute de les lire?...

ANDRÉ.

Une lettre est sacrée, et l'ouvrir rien de pire!

RENAUD.

Oui, nous savons aussi respecter les secrets!

SIMONNE.

Eh bien, lisez-les donc, vous jugerez après...

RENAUD, ouvrant une lettre et la lisant.

La colère est dans l'âme
Une trop vive flamme
Qui fait peur à la femme...
De celui que j'aimais
Ma frayeur est mortelle!
Si son humeur est telle,
Comment donc pourra-t-elle
Se tempérer jamais?

ANDRÉ.

Et pour qui sont ces traits qui sifflent sur nos têtes?
(Riant et regardant les jeunes filles.)
Je vous vois vers Renaud dresser vos arbalètes!

RENAUD.

J'accepte la critique et mettrai tout mon art
A paraître un agneau. — Tiens, prends, voici ta part...

ANDRÉ, ouvrant et lisant la lettre que lui a remise Renaud.

> J'ai ressenti dans l'âme,
> En écoutant le blâme
> Lancé contre la femme
> Par celui que j'aimais,
> Une offense mortelle !
> Si sa froideur est telle,
> Comment donc pourra-t-elle
> Disparaître jamais ?

Je comprends... c'est pour moi que la lettre est écrite ;
Cette juste leçon, certes, je la mérite.
Je ferai mes efforts pour ne pas l'oublier ;
A votre douce loi je saurai me plier.

RENAUD.

Vous le savez fort bien ! Doit-on prendre à la lettre
Ce que la jalousie et le soupçon font naître
Dans le cœur d'un amant ?

ANDRÉ.

> Quand l'homme dit du mal

Des descendantes d'Eve, il croit, en général,
A peine un faible quart de tout ce qu'il raconte.

SIMONNE.

Et quand la femme dit du mal sur votre compte,
Otez-en les trois quarts.

ROSINE.

> Nous voulions effleurer

Vos tendres sentiments, mais non les déchirer.

RENAUD.

Si nous effacions tout pendant que nous y sommes?

ANDRÉ.

N'ayez pas de rancune envers nous, pauvres hommes.
Nous vous appartenons...

(André et Renaud à genoux.)

RENAUD.

Nous sommes tout à vous.

SIMONNE.

Qu'il fait bon pardonner!

ROSINE.

Oui, vous êtes absous.

(Musique dans les coulisses.)

SIMONNE.

Tiens!

ANDRÉ.

Qu'est ceci?

ROSINE.

Voilà qu'un orchestre invisible
Accompagne nos vœux...

SÉRAPHIN, rentrant avec Lucette.

Ah! ceci, c'est risible,
Par ma foi!

LUCETTE, aux demoiselles.

Ce concert, c'est Monsieur Alaric
Qui vous l'offre...

ROSINE.

Ah ! fort bien.

RENAUD.

Mais cela tombe à pic !

SIMONNE.

De plus en plus charmant !

RENAUD.

Quoi ! C'est lui qui nous paie
Les violons ?... Parfait !

ROSINE.

Oui, l'aventure est gaie.

ANDRÉ.

Il ne faut pas deux fois jouer avec le cœur ;
Oublions le passé ; fêtons notre bonheur
Aux sons inattendus de ce galant orchestre.

SÉRAPHIN.

Se fiancer ainsi, bonheur supra-terrestre !

ANDRÉ.

Tiens, j'avais oublié ton désir amoureux ;
On devient égoïste alors qu'on est heureux.
(Aux demoiselles.)
Il vient vous demander de l'unir à Lucette.

SIMONNE, à Lucette.

Eh bien, qu'en penses-tu ?

LUCETTE.

J'accepte la requête.

ROSINE.

Mais restez avec nous.

ANDRÉ.

Oui, restons tous unis
Et qu'un même rameau supporte nos trois nids.

RENAUD.

Notre bonheur serait complet sur cette terre,
Si nous pouvions avoir Alaric pour notaire !

(RIDEAU.)

Toulouse, Imp. DOULADOURE-PRIVAT, rue St-Rome, 39. — 7959

www.ingramcontent.com/pod-product-compliance
Lightning Source LLC
Chambersburg PA
CBHW060805180626
46818CB00002B/711